Sadako
y las mil grullas
de papel

**MONTAÑA
ENCANTADA**

Eleanor **C**oerr

Ilustrado por Ronald Himler

Traducido por Teresa Mlawer

Sadako
y las mil grullas
de papel

EVEREST

Para Laura, que se acordó de Sadako.

Coordinación Editorial: Matthew Todd Borgens
Maquetación: Ana María García Alonso

Título Original: *Sadako and the Thousand Paper Cranes*
Traducción: Teresa Mlawer

Diseño de cubierta: Jesús Cruz

QUINTA EDICIÓN

Original English language text Copyright © 1977 by Eleanor Coerr
Illustrations Copyright © 1977 by Ronald Himler
Copyright © 1996 by EDITORIAL EVEREST, S. A.
This edition pubished by arrangement with G. P. Putnam's Sons, a division of The Putnam and Grosset Group.
Carretera León-La Coruña, km 5 - LEÓN
ISBN: 84-241-3353-6
Depósito legal: LE. 1623-2000
Printed in Spain - Impreso en España

EDITORIAL EVERGRÁFICAS, S. L.
Carretera León-La Coruña, km 5
LEÓN (España)

PRÓLOGO

Sadako y las mil grullas de papel es una historia real, basada en la vida de una niña que vivió en Japón desde 1943 hasta 1955.

Sadako vivía en Hiroshima cuando la Fuerza Aérea de Estados Unidos dejó caer en aquella ciudad una bomba atómica, con el propósito de dar fin a la Segunda Guerra Mundial. Diez años más tarde, Sadako falleció a consecuencia de la radiación producida por la bomba atómica.

Su coraje hizo que Sadako se convirtiera en una heroína para los niños japoneses. Ésta es su historia.

BUENAS
SEÑALES

Sadako nació para ser una gran corredora. Su madre solía decir que Sadako había aprendido a correr aun antes de saber caminar.

Una mañana de agosto de 1954, Sadako se despertó, se vistió deprisa y salió corriendo a la calle. El sol de la mañana reflejaba mechas de color castaño rojizo en su pelo negro. No había ni una sola nube en el cielo azul, lo cual era una buena señal. Sadako siempre buscaba señales de buena suerte.

En la casa, su hermana y sus dos hermanos todavía dormían plácidamente. Sadako se acercó a su hermano mayor, Masahiro, y le dijo:

—¡Despiértate, holgazán! Hoy es el Día de la Paz.

Masahiro protestó entre bostezos. Quería seguir durmiendo, pero, como a la mayoría de los chicos de catorce años, tampoco le faltaba el apetito. Apenas le llegó el rico olor de la sopa de verduras, se levantó. Mitsue y Eiji lo hicieron poco después.

Sadako ayudó a Eiji a vestirse. El pequeño tenía seis años, pero a veces perdía un calcetín o la camisa. Luego dobló los edredones, ayudada por su hermana Mitsue, que tenía nueve años, y los guardó en el armario.

Sadako entró como un torbellino en la cocina, gritando:

—Mamá, ¡me muero de ganas de ir al carnaval! ¿Está listo el desayuno?

Su madre estaba cortando los rábanos para servirlos con el arroz y la sopa. Se detuvo, miró a Sadako severamente y le dijo:

—Tienes once años. Ya eres lo suficientemente mayor para saber que hoy no es día de carnaval. Todos los años, el 6 de agosto, recordamos a los que murieron cuando la bomba atómica cayó sobre nuestra ciudad. Hoy es un día conmemorativo.

El señor Sasaki entró en ese momento por la puerta de atrás.

—Así es —dijo—. Sadako *chan*, debes ser más respetuosa. Tu propia abuela murió ese horrible día.

—Pero yo respeto a *Oba chan* —se excusó Sadako—. Todas las mañanas rezo por su espíritu. Lo que sucede es que hoy me siento contenta...

—Por cierto, es hora de rezar —dijo su padre.

La familia Sasaki se congregó alrededor del pequeño altar, presidido por una fotografía de *Oba chan*, enmarcada en un cuadro dorado. Sadako levantó la vista al techo y se preguntó si el espíritu de su abuela flotaría sobre el altar.

—¡Sadako *chan*! —la regañó su padre.

Sadako bajó la cabeza al instante. Mientras su padre hablaba, ella se entretenía moviendo los dedos de los pies. El señor Sasaki rezó para que los espíritus de sus antepasados hubiesen encontrado la paz y la felicidad. Dio gracias por su barbería y por los hijos tan buenos que tenía. Y rogó para que su familia fuese

protegida de aquella enfermedad tan terrible, producida por la bomba atómica, que se llamaba leucemia.

Muchas personas seguían falleciendo a causa de esa enfermedad. Aunque hacía ya nueve años que la bomba había caído sobre Hiroshima, el aire había quedado inundado de radiación, una especie de veneno que permanecía en el cuerpo de las personas durante mucho tiempo.

Sadako se comió el arroz en un santiamén y se tomó la sopa a grandes sorbos. Masahiro aprovechó para comentar que algunas niñas comían como si fuesen dragones hambrientos. Pero Sadako no le prestó atención. Sus pensamientos estaban en otra parte: en el Día de la Paz del año anterior. Le encantaba el gentío, la música, los fuegos artificiales, y podía saborear, en su mente, el delicioso algodón de azúcar.

Sadako fue la primera que acabó de desayunar. Al levantarse de la mesa, casi la vuelca. Era más alta de lo normal para su edad y sus largas piernas siempre tropezaban con algo.

—Acaba Mitsue *chan* —apremió Sadako—. Cuanto antes freguemos los platos, más rápido podremos salir.

Una vez limpia y recogida la cocina, Sadako se ató las trenzas con unos lazos rojos y se plantó en la puerta de la casa a esperar impaciente.

—Sadako *chan* —le dijo su madre con dulzura—, no saldremos hasta las siete y media. ¿Por qué no te sientas tranquila hasta que sea la hora de irnos?

Sadako se dejó caer sobre la estera de *tatami*. Sus padres nunca tenían prisa por nada. Mientras esperaba sentada, observó una araña que se paseaba, atareada, de un lado a otro de la habitación. Una araña era señal de buena suerte. Ahora Sadako estaba convencida de que sería un magnífico día. Tomó la araña entre sus manos, con mucho cuidado, salió afuera y la puso en libertad.

—¡Qué tontería! —dijo Masahiro—. Las arañas no traen buena suerte.

—Ya lo veremos —le contestó Sadako alegremente.

EL DÍA
DE LA PAZ

Por fin la familia se puso en marcha. La mañana era calurosa y una capa de polvo parecía flotar sobre las calles de la ciudad.

Sadako se adelantó corriendo hasta la casa de Chizuko, su mejor amiga. Eran compañeras desde el jardín de infancia, y estaba convencida de que siempre seguirían juntas, como las agujas de una rama de pino.

Chizuko la saludó con la mano y caminó lentamente hacia ella. Sadako suspiró. A veces deseaba que su amiga no fuese tan lenta.

—¡Pareces una tortuga! —le gritó—. ¡Vamos, rápido, que no quiero perderme nada!

—Sadako *chan*, con este calor hay que tomarse las cosas con calma —le gritó su madre.

Pero ya no escuchaba. Las dos niñas corrían calle adelante.

—Sadako siempre va deprisa porque quiere ser la primera, y no se detiene a escuchar a nadie —observó la señora Sasaki.

Su marido sonrió:

—¿La has visto alguna vez caminar en lugar de correr, saltar o brincar?

Su voz denotaba un cierto orgullo, y es que Sadako era una corredora rápida y de mucha fuerza.

A la entrada del Parque de la Paz, la gente desfilaba en silencio ante el monumento. En las paredes se podían ver fotografías de personas muertas, o moribundas en una ciudad en ruinas. La bomba atómica –la bola de fuego– había convertido Hiroshima en un desierto.

Sadako no quería contemplar tan horrendas fotografías. Tiró de la mano de su amiga Chizuko y recorrieron el edificio apresuradamente.

—Yo me acuerdo de la bola de fuego —susurró Sadako—. Era como los rayos de un millón de soles. Y luego un calor que me pinchaba los ojos como si fuesen cientos de agujas…

—¿Cómo puedes acordarte? —replicó Chizuko—. Eras sólo un bebé.

—¡Pues me acuerdo! —reafirmó Sadako, tajante.

Una vez concluidos los discursos de los sacerdotes budistas y del alcalde, cientos de palomas blancas fueron puestas en libertad. Éstas sobrevolaron la Cúpula Atómica y Sadako pensó que se asemejaban a los espíritus de los muertos que volaban hacia el cielo en busca de libertad.

Finalizado el acto, Sadako guió a todos hasta el puesto donde estaba la viejecita que vendía algodón de azúcar. Sabía aún mejor que el del año anterior.

El día transcurría demasiado rápido. Lo mejor, pensó Sadako, era ver tantas cosas a la venta, junto con el rico olor de la comida. En algunos puestos vendían desde tortas de arroz hasta grillos. Lo peor, sin duda, era ver algunos rostros con aquellas horribles cicatri-

ces. La bomba atómica los había desfigurado de tal manera que no parecían seres humanos. Si alguna de aquellas personas se le aproximaba, ella se alejaba rápidamente.

El entusiasmo aumentó con la puesta del sol. Y una vez que los últimos fuegos artificiales desaparecieron del cielo, la multitud se encaminó, con linternas de papel, hasta la orilla del río Ohta.

El señor Sasaki encendió, con sumo cuidado, seis velas, una por cada miembro de la familia. Las linternas estaban marcadas con los nombres de los familiares que habían perecido a causa de la bola de fuego. Sadako había escrito el nombre de *Oba chan* en su linterna. Tan pronto como las velas adquirían una llama viva, las linternas eran depositadas en el río Ohta y se iban flotando hacia el mar como un enjambre de luciérnagas en la inmensa oscuridad del agua.

Aquella noche Sadako permaneció un largo rato despierta en su cama recordando todo lo ocurrido durante el día. Masahiro, pensó, estaba equivocado. La araña había traído buena suerte. Mañana se lo recordaría.

EL SECRETO
DE SADAKO

Comenzaba el otoño cuando Sadako llegó un día corriendo a casa con la noticia. Abrió la puerta de golpe y lanzó los zapatos al aire.

—¡Ya estoy aquí! —gritó.

Su mamá estaba en la cocina preparando la cena.

—¡Mamá, ha sucedido la cosa más maravillosa del mundo! —dijo Sadako casi sin aliento—. ¿A que no lo adivinas?

—A ti te suceden tantas cosas maravillosas, Sadako *chan*, que no me lo puedo ni imaginar...

—¡Me han elegido para correr con el equipo de relevos en los campeonatos de la escuela! —dijo Sadako, y comenzó a dar vueltas alrededor de la habitación con la cartera todavía en la mano—. ¡Imagínate! Si ganamos formaré parte del equipo de la escuela el año que viene.

Y eso era precisamente lo que más anhelaba Sadako.

Durante la cena, el señor Sasaki habló largo y tendido sobre la honra y el orgullo de la familia. Hasta Masahiro parecía impresionado. Sadako estaba demasiado emocionada para comer. Se limitaba a sonreír, radiante de felicidad.

Desde entonces, Sadako sólo pensaba en una cosa: en la carrera de relevos. Practicaba todos los días en la escuela y con frecuencia corría todo el camino de regreso a casa. Cuando Masahiro le cronometró el tiempo, con el reloj grande del señor Sasaki, todos se quedaron sorprendidos. "Quizá", soñaba ella, "pronto seré la mejor corredora de toda la escuela".

Por fin llegó el día tan esperado. Padres, familiares y amigos se reunieron en la escuela para presenciar los juegos deportivos. Sadako estaba tan nerviosa, que temía que sus piernas no le respondieran. Sin saber por qué, los componentes del equipo contrario le parecieron, de pronto, más altos y más fuertes que los del suyo.

Cuando Sadako le confesó a su madre cómo se sentía, ésta trató de tranquilizarla:

—Es natural, Sadako *chan*, que sientas temor. Pero no te preocupes. Una vez que salgas al campo, correrás todo lo rápido de que eres capaz.

La carrera iba a comenzar.

—Hazlo lo mejor que puedas —la animó el señor Sasaki apretándole la mano cariñosamente—. Puedes estar segura de que nos sentiremos muy orgullosos de ti.

Las alentadoras palabras de sus padres hicieron que se le aflojara el nudo que sentía en el estómago. "Pase lo que pase, está visto que me quieren", pensó.

Al dar la señal de salida, Sadako ya se había olvidado completamente de todo, menos de la carrera. Cuando le tocó a ella, corrió con todas sus fuerzas. Finalizada la prueba, el corazón de Sadako aún palpitaba con fuerza, produciéndole un intenso dolor en las costillas. Fue entonces cuando, por primera vez, se sintió un poco rara y mareada. Apenas alcanzó a oír a al-

guien de su equipo que gritaba "¡Ganamos! ¡Ganamos!". La clase rodeó a Sadako en medio del alboroto general. Movió la cabeza de un lado a otro y se le pasó el mareo.

Durante todo el invierno, Sadako trató de mejorar su marca. Para poder entrar en el equipo de la escuela tendría que entrenar todos los días. A veces, después de una larga carrera, le volvían los mareos. Pero decidió no decir nada a su familia.

Trataba de convencerse a sí misma de que no era nada, de que los mareos acabarían desapareciendo de repente, de la misma forma que habían llegado. Pero no fue así. Todo lo contrario: se repetían cada vez con más frecuencia. Aunque alarmada, seguía guardando el secreto para sí. Ni siquiera se lo reveló a Chizuko, su mejor amiga.

Era la víspera de Año Nuevo y Sadako tenía la esperanza de que los mareos desaparecerían como por encanto. ¡Qué maravilloso sería todo de no existir aquel secreto! A medianoche, desde su cama, oyó cómo repicaban las campanas del templo para ahuyentar los males del año viejo y dar paso a un buen año nuevo. Con cada campanada, Sadako, medio adormecida, pedía una y otra vez que se cumpliera su deseo.

A la mañana siguiente, la familia Sasaki se unió al gentío que visitaba los templos. La señora Sasaki estaba radiante con su kimono de seda floreado.

—Tan pronto como podamos, te compraré un kimono —le prometió a Sadako—. Ya tienes edad de tener uno.

Sadako le dio las gracias cariñosamente a su madre. Aunque, en realidad, poco le interesaba tener un

kimono. Lo que verdaderamente deseaba era llegar a correr en el equipo de la escuela.

En medio del alborozo general, Sadako se olvidó por un instante de su secreto. Dejó que la alegría contagiosa del momento borrara sus preocupaciones. Al final del día echó una carrera a casa con Masahiro y lo ganó con mucha ventaja. En la puerta colgaban unos símbolos dorados de buena suerte que la señora Sasaki había colocado para que protegieran a la familia.

Con un comienzo así, ¿cómo iba a sucederles nada malo?

YA NO ES
UN SECRETO

Durante varias semanas pareció como si las oraciones y los símbolos de buena suerte hubieran dado resultado. Sadako volvía a sentirse fuerte y saludable, y corría cada vez más rápido.

Pero todo cambió un frío día del mes de febrero. Sadako corría en el patio de la escuela. De repente, todo comenzó a darle vueltas y se derrumbó en el suelo. Uno de los maestros corrió a su lado para prestarle auxilio.

— Es que… quizás esté un poco cansada —dijo Sadako con voz débil.

Trató de ponerse en pie, pero las piernas le flaquearon y cayó de nuevo. El maestro mandó entonces a Mitsue a avisar al señor Sasaki.

El señor Sasaki cerró la barbería y llevó a Sadako al hospital de la Cruz Roja. Al entrar en el edificio, la pequeña se sintió invadida por el miedo: una sección del hospital estaba destinada a las enfermedades ocasionadas por la bomba atómica.

En cuestión de segundos, Sadako se encontró en una habitación donde una enfermera le hizo radiografías y le extrajo un poco de sangre. El doctor Numata le auscultó la espalda y le hizo muchas preguntas. Otros tres doctores vinieron a ver a Sadako. Uno de ellos movió la cabeza de un lado a otro y se pasó la mano por el cabello.

Toda la familia se encontraba en el hospital. Los padres de Sadako estaban en la oficina del médico. Sadako podía oír el murmullo de sus voces. De pronto, oyó a su madre gritar: "¡Leucemia! ¡Pero no es posible!". Al escuchar tan terrible palabra, Sadako se tapó los oídos con las manos. No quería oír nada más. Por supuesto que ella no tenía leucemia. ¿Cómo iba a tenerla? ¡La bomba ni siquiera la había rozado!

Yasunaga, la enfermera, condujo a Sadako a una de las habitaciones del hospital y le dio un kimono de algodón. Sadako descansaba en su cama cuando su familia entró en la pequeña habitación.

La señora Sasaki rodeó a Sadako con sus brazos.

—Tienes que quedarte aquí por un tiempo —le dijo, tratando de que sus palabras sonaran reconfortantes—, pero vendré a verte todas las noches.

—Y nosotros vendremos todos los días después de la escuela —le prometió Masahiro.

Mitsue y Eiji asintieron con la cabeza. En sus enormes ojos se reflejaba el miedo.

—Papá, ¿es verdad que tengo la enfermedad de la bomba atómica?

La mirada del señor Sasaki delataba su angustia, pero sólo respondió:

—Los doctores quieren examinarte más detenidamente; eso es todo. Quizás tengas que quedarte aquí durante varias semanas.

—¡Varias semanas!

A Sadako aquello le sonaba como si fuesen años. Se perdería la graduación y, lo que era peor, no podría

formar parte del equipo de relevos de la escuela. Hubo de hacer un gran esfuerzo para no echarse a llorar.

La señora Sasaki, a punto también de romper en lágrimas, le acomodó la almohada y la arropó bien con la manta.

El señor Sasaki aclaró la garganta y le preguntó:

—Dime… si quieres alguna cosa.

Sadako negó con la cabeza. Todo lo que quería era irse a su casa. Pero, ¿cuándo? Tenía tanto miedo, que se le había formado un nudo en el estómago. Había oído, en varias ocasiones, que muchas de las personas que ingresaban en aquel hospital ya nunca salían de allí.

Yasunaga, la enfermera, entró para pedir a la familia que se fuera y dejaran a Sadako descansar. Una vez sola, hundió su cara en la almohada y lloró largamente. Nunca se había sentido tan sola y tan triste.

LA GRULLA DORADA

A la mañana siguiente, Sadako se despertó lentamente. Trató de reconocer el sonido familiar de su madre preparando el desayuno, pero todo lo que oyó fueron ruidos nuevos y diferentes, propios de un hospital. Dio un largo suspiro. ¡Cómo hubiera deseado que fuese sólo un sueño! Pero todo se volvió más real aún cuando Yasunaga entró en la habitación para ponerle una inyección.

—Las inyecciones y el hospital van mano a mano —sonrió la robusta enfermera—. Ya te acostumbrarás.

—Lo que quiero es ponerme bien pronto para poder irme a casa —dijo Sadako con tristeza.

Esa tarde, la primera en visitar a Sadako fue Chizuko. Sonreía misteriosamente, mientras escondía algo a sus espaldas.

—Cierra los ojos —le pidió a Sadako, a la vez que colocaba varias hojas de papel y una tijera sobre la cama—. Ya puedes abrirlos.

—¿Qué es esto? —le preguntó Sadako mirando, sorprendida, las hojas de papel.

Chizuko se sentía inmensamente feliz.

—He encontrado una manera de que te cures —dijo con orgullo—. ¡Mira!

Y cortó un trozo de papel dorado en forma de cuadrado. Con gran habilidad, lo dobló una y otra vez hasta formar una preciosa grulla.

Sadako no acababa de entender:

—Pero, ¿cómo puede curarme esa grulla de papel?

—¿Recuerdas la antigua historia de la grulla? —le preguntó Chizuko—. Se supone que viva mil años. Si una persona enferma hace mil grullas de papel, los dioses escucharán su ruego y se curará —y le entregó la grulla—. Aquí tienes la primera.

Los ojos de Sadako se llenaron de lágrimas. ¡Qué bondadosa era Chizuko al pensar en ella y traerle un amuleto de buena suerte! Más aún cuando sabía perfectamente que su amiga no creía en esas cosas. Sadako tomó en sus manos la grulla dorada y pidió un deseo. Una sensación rara recorrió todo su cuerpo al tocarla. Debía de ser un buen presagio.

—Muchas gracias, Chizuko *chan* —dijo en voz baja—. Nunca me separaré de ella.

Cuando Sadako tomó una hoja de papel y comenzó a doblarla, se dio cuenta de que no era nada fácil. Con la ayuda de Chizuko, aprendió a hacer lo más complicado. Una vez que hizo diez, Sadako las colocó en fila sobre la mesa, junto a la grulla dorada. Algunas habían quedado un poco ladeadas, pero era sólo el comienzo.

—Ya sólo me faltan novecientas noventa —dijo Sadako.

Con la grulla dorada a su lado, se sentía segura y protegida. Y en pocas semanas podría completar las mil. Para entonces ya estaría lo suficientemente restablecida como para irse a casa.

Aquella tarde, Masahiro le trajo a Sadako los deberes de la escuela. Al ver las grullas de papel, dijo:

—No hay suficiente espacio en esta mesa tan pequeña para ponerlas todas. Te las colgaré del techo.

Sadako lo miró con una sonrisa.

—¿Me prometes que vas a colgar todas las grullas que yo haga?

Masahiro asintió.

—¡Estupendo! —dijo Sadako con una mirada burlona—. Entonces, ¡colgarás mil!

—¿Mil? —gritó su hermano—. ¡Estás bromeando!

Sadako le contó la historia de las grullas.

Masahiro se pasó la mano por su liso cabello negro.

—Me has tomado el pelo —dijo con una sonrisa—. Pero un trato es un trato y lo cumpliré.

Pidió prestados a la enfermera hilo y chinchetas y colgó las diez primeras del techo. La grulla dorada quedó sobre la mesa, ocupando un puesto de honor.

Después de la cena, la señora Sasaki llevó a Mitsue y a Eiji al hospital. Todos se quedaron sorprendidos al ver las aves. A la señora Sasaki le hicieron recordar el famoso poema:

*"De papeles de colores,
emprendieron las grullas el vuelo
hasta entrar en nuestra casa".*

A Mitsue y a Eiji la que más les gustó fue la grulla dorada. Pero la señora Sasaki escogió la más pequeñita, hecha de un papel verde muy fino, con dibujos de parasoles rosas.

—Ésta es la que más me gusta —dijo—, porque son las más difíciles de hacer.

Una vez que se fueron las visitas, Sadako sintió nuevamente la soledad de la habitación del hospital, y comenzó a doblar más hojas de papel para levantar su ánimo:

Once... Haz que me ponga bien.
Doce... Haz que me ponga bien.

KENJI

Todo el mundo guardaba papel para las grullas de Sadako. Chizuko le trajo papel de colores de su clase de bambú. El padre recogía todos los papeles que podía en la barbería. Incluso Yasunaga, la enfermera, le daba las envolturas de los paquetes de medicamentos. Y Masahiro, tal como había prometido, colgaba del techo todas las aves. A veces ensartaba varias en un mismo hilo, pero las más grandes las colgaba solas.

Durante los meses que siguieron, hubo días en los que Sadako se sentía como si no estuviese enferma. Sin embargo, el doctor Numata decía que era mejor que permaneciera en el hospital. Ya para entonces, Sadako sabía con certeza que tenía leucemia, pero también sabía que algunos pacientes se recuperaban de esa horrible enfermedad. Nunca llegó a perder la esperanza de que ella también se curaría.

Si tenía un buen día, Sadako se mantenía ocupada. Hacía sus deberes, escribía cartas a sus amigos y contestaba la correspondencia que recibía de niños y niñas que le escribían aun sin conocerla. Durante las horas de visita, divertía a su familia y a sus amigos con cuentos, juegos, canciones o adivinanzas. Por las noches, siempre hacía grullas de papel. Llegó a tener una bandada de trescientas. Y ahora las aves eran perfectas. Sus hábiles dedos trabajaban rápidamente.

La enfermedad de la bomba atómica fue consumiendo, poco a poco, las fuerzas de Sadako. Descubrió lo que es el dolor. A veces los dolores de cabeza eran tan fuertes, que no era capaz de leer ni de escribir. En otras ocasiones sentía como si sus huesos se estuvieran quemando. Y los fuertes mareos la sumían en una total oscuridad. A menudo se sentía tan débil, que lo único que podía hacer era sentarse cerca de la ventana y contemplar, con nostalgia, el inmenso arce del patio. Permanecía allí sentada durante horas con la grulla dorada en su regazo.

Un día en que Sadako se sentía especialmente cansada, Yasunaga la sacó al patio en una silla de ruedas, a tomar el sol. Fue allí donde Sadako vio a Kenji por primera vez. Tenía nueve años, pero era más pequeño de lo normal para su edad. Sadako se fijó en su rostro, delgado y pálido, y en sus brillantes ojos negros.

—¡Hola! —le dijo—. Yo soy Sadako.

Kenji le respondió con una voz suave y baja. Poco después, los dos conversaban como viejos amigos. Kenji estaba en el hospital desde hacía mucho tiempo, pero casi no recibía visitas. Sus padres habían fallecido y él había quedado al cuidado de una tía que vivía en un pueblo cercano.

—Es tan mayor que sólo puede venir a verme una vez por semana —le explicó Kenji—. Me paso la mayor parte del tiempo solo, leyendo.

Sadako volvió la cara al ver la expresión de tristeza en el rostro de Kenji.

—En realidad no importa —continuó Kenji con el mismo tono de voz—, porque moriré pronto. Tengo leucemia por culpa de la bomba atómica.

—¡Pero tú no puedes tener leucemia! —le dijo Sadako como un resorte—. ¡Tú ni siquiera habías nacido!

—Eso no importa —le aclaró Kenji—. El veneno entró dentro del cuerpo de mi madre y ella me lo pasó a mí.

Sadako hubiera deseado poder ofrecerle algún consuelo, pero no era capaz de encontrar las palabras adecuadas. Entonces se acordó de las grullas.

—Puedes hacer grullas de papel, como yo, para que ocurra un milagro.

—Conozco lo de las grullas —le contestó—, pero es demasiado tarde para mí. Ni siquiera los dioses pueden ayudarme.

En ese preciso momento Yasunaga salió al patio.

—Kenji, ¿cómo puedes decir una cosa así?

Miró a la enfermera con firmeza y le dijo:

—Es cierto. Además, puedo leer el resultado de los análisis de sangre de mi ficha médica. Cada día están peor.

La enfermera, aturdida, no sabía cómo reaccionar.

—¡Eres un parlanchín! —dijo ella—. Te vas a cansar de tanto hablar.

Y lo condujo adentro.

De vuelta a su habitación, Sadako se quedó un largo rato pensando. Trataba de imaginarse cómo se sentiría uno enfermo y sin familia. Kenji tenía, sin lugar a dudas, mucho valor. Hizo una grulla grande con el papel más bonito que tenía y se la envió a su habitación, al otro lado del pasillo. Tal vez le trajera suerte. Y continuó haciendo más grullas para añadir a su bandada.

Trescientas noventa y ocho.

Trescientas noventa y nueve...

Un día Kenji no apareció en el patio. Esa misma noche, ya tarde, Sadako oyó el ruido de las ruedas de una cama por el pasillo. Al poco rato entró Yasunaga para decirle que Kenji había muerto. Sadako se volvió contra la pared y dejó que las lágrimas corrieran libremente por sus mejillas.

Luego sintió las suaves manos de la enfermera sobre su hombro:

—Si quieres, nos sentamos cerca de la ventana a charlar un rato —le dijo Yasunaga dulcemente.

Cuando por fin Sadako dejó de llorar, alzó la vista hacia el cielo iluminado por la luna y le preguntó a la enfermera:

—¿Tú crees que Kenji está allá arriba en una estrella?

—Dondequiera que se encuentre, estoy segura de que se siente feliz —le respondió la enfermera—. Se ha deshecho por fin de su cuerpo enfermo y cansado y su espíritu es libre nuevamente.

Sadako permaneció callada, escuchando el ruido de las hojas del arce crujir con el viento.

—Ahora me toca a mí, ¿verdad? —suspiró Sadako de repente.

—¡Por supuesto que no! —le contestó la enfermera con un firme movimiento de cabeza. Colocó unos papeles de colores sobre la cama de Sadako—. Vamos, déjame ver cómo haces otra grulla antes de dormirte. Una vez que llegues a las mil, vivirás hasta ser muy viejecita...

Sadako trató de convencerse a sí misma de que sería cierto. Con cuidado, dobló los papeles y pidió que su deseo se convirtiese en realidad.

Cuatrocientas sesenta y tres.

Cuatrocientas sesenta y cuatro…

CIENTOS DE ANHELOS

Llegó el mes de junio con sus interminables lluvias. Un día tras otro, el cielo permanecía gris y la lluvia golpeaba, incesantemente, contra las ventanas. Las gotas rodaban sin cesar por las hojas del arce y la habitación comenzó a oler a humedad. Hasta las sábanas parecían estar mojadas.

Sadako se veía cada día más pálida y la languidez de su cuerpo iba en aumento. Sólo a sus padres y a Masahiro les era permitido visitarla. Sus compañeros de clase le habían enviado una muñeca *Kokeshi*. A Sadako le llamaron especialmente la atención su sonrisa melancólica y las rosas rojas de su kimono. La muñeca permanecía junto a la grulla dorada, sobre la mesita, al lado de la cama de Sadako.

La señora Sasaki estaba preocupada porque su hija apenas comía. Una noche llegó con una sorpresa envuelta en un paquete *furoshiki*. Contenía todas las comidas preferidas de Sadako –un rollito de primavera, arroz con pollo, ciruelas en almíbar y tortas de arroz–. Sadako se incorporó en la cama y trató de comer algo, pero no fue capaz. Tenía las encías inflamadas y le dolían tanto que no podía masticar. Hubo de apartar finalmente el plato a un lado. Los ojos de su madre estaban enrojecidos, a punto de romper a llorar.

—¡Qué tortuga soy! —exclamó Sadako.

Se sentía molesta consigo misma por haber entristecido a su madre. Sabía perfectamente que a su familia no le sobraba el dinero para una comida tan cara. Las lágrimas asomaron a sus ojos, pero se las enjugó rápidamente.

—No te preocupes —le dijo la señora Sasaki con dulzura, arrullándola entre sus brazos—. Ya verás como muy pronto te pondrás bien. Probablemente cuando el sol salga de nuevo…

Sadako se acurrucó junto a su madre, mientras ésta le leía un libro de poemas. Cuando Masahiro llegó, Sadako ya estaba más calmada y contenta. Su hermano le contó cosas de la escuela y aprovechó para comer algo de la cena especial.

Ya se iba cuando le dijo:

—Casi me olvidaba. Eiji te envía un regalo —buscó en el bolsillo y sacó un trozo arrugado de papel plateado—. Aquí lo tienes —dijo dándoselo a su hermana—. Eiji dice que es para que hagas otra grulla.

Sadako acercó el papel a su nariz.

—¡Hmmm…! Huele a chocolate. Espero que a los dioses les guste el chocolate.

Los tres se echaron a reír. Era la primera vez que Sadako se reía en muchos días. Una buena señal, sin duda. Quizás la magia de la grulla dorada había comenzado a surtir **efecto. Alisó** el papel e hizo otra grulla.

*Quinientas **cuarenta** y nueve…*

Pero se sentía demasiado cansada para continuar. Se estiró en la cama y cerró los ojos. La señora Sasaki

caminó de puntillas para no despertarla y susurró un poema que solía recitarle a Sadako de pequeñita:

"Bandada de grullas celestiales,
ampara a mi hija bajo tus alas".

LOS ÚLTIMOS DÍAS

A finales de julio, los días se tornaron soleados y calurosos. La salud de Sadako parecía haber mejorado.

—Ya he hecho más de quinientas grullas —le dijo a Masahiro—. Así que algo bueno va a suceder…

Y así fue. Sadako volvió a recobrar el apetito y muchos de sus dolores desaparecieron. El doctor Numata estaba satisfecho con el progreso de Sadako; incluso le prometió que pronto podría ir a pasar unos días a su casa. Esa noche, Sadako estaba tan excitada que no pudo dormir. Se mantuvo despierta haciendo grullas para que la magia continuara surtiendo efecto.

Seiscientas veintiuna.

Seiscientas veintidós…

Era maravilloso estar en casa con toda la familia para *O Bon*, la fiesta más grande del año. *O Bon* era un día especial, dedicado a festejar a los espíritus de los muertos que regresaban a la tierra a visitar a sus seres queridos.

La señora Sasaki y Mitsue limpiaron y arreglaron la casa hasta sacarle brillo. Unas preciosas flores, recién cortadas, adornaban la mesa. La grulla dorada de Sadako y su muñeca *Kokeshi* también estaban allí. Por toda la casa se percibía el olor de la rica comida preparada especialmente para la fiesta. Y en el altar se colocaron platos con tortas y albóndigas de arroz para los visitantes del otro mundo.

Aquella noche, Sadako observó cómo su madre ponía una linterna fuera para que los espíritus pudieran encontrar el camino en la oscuridad. Suspiró con alegría. Quizás... quizás no tendría que regresar al hospital.

Durante varios días, familiares y amigos desfilaron por la casa para visitar a la familia Sasaki. Al final de la semana, Sadako volvió a sentirse cansada y la palidez había retornado a su rostro.

Apenas podía mantenerse sentada y se limitaba a observar, en silencio, a los demás.

—Hay que ver qué cambio ha dado Sadako —dijo el señor Sasaki—. El espíritu de *Oba chan* estará muy orgulloso de ver cómo su nieta se ha convertido en toda una señorita...

—¡Cómo puedes decir una cosa así! —exclamó la señora Sasaki—. ¡Preferiría mil veces que fuese como antes!

Se frotó los ojos y corrió a la cocina.

"Todos están tristes por mi culpa," pensó Sadako. ¡Cuánto anhelaba poder volver a ser como antes! ¡Qué feliz sería su madre entonces!

Como si adivinara sus pensamientos, su padre le dijo:

—¡Vamos, vamos! Descansarás bien esta noche y mañana te sentirás como nueva.

Pero al día siguiente Sadako tuvo que regresar al hospital. Por primera vez se alegró de la tranquilidad de su habitación. Sus padres permanecieron sentados,

a su lado, durante un largo rato. De vez en cuando, Sadako sucumbía a un extraño sueño y se quedaba adormecida.

—Cuando yo muera —decía entre sueños—, ¿se acordarán de poner en el altar, para mi espíritu, las tortas de arroz que tanto me gustan?

La señora Sasaki era incapaz de hablar. Tomó las manos de su hija entre las suyas y las apretó cariñosamente.

—¡Shsss…! —dijo el señor Sasaki con un nudo en la garganta—. Eso no sucederá por muchos, muchos años. No te des por vencida ahora, hija mía. Sólo te quedan por hacer unos cientos de grullas.

Yasunaga le dio un medicamento para que pudiera descansar. Antes de cerrar los ojos, Sadako estiró la mano hasta tocar la grulla dorada.

—Me pondré bien —susurró a la muñeca— y algún día correré como el viento.

A partir de entonces, el doctor Numata le hacía transfusiones de sangre y la inyectaba casi a diario.

—Ya sé que duele —le decía—, pero hay que seguir luchando.

Sadako asentía con la cabeza. Nunca protestaba, ni por las inyecciones ni por los continuos dolores. Aunque un dolor aún más grande crecía dentro de ella: el miedo a la muerte. Tenía que luchar no sólo contra la enfermedad, sino contra ese miedo. La grulla dorada la ayudaba. Le recordaba que la esperanza es lo último que se pierde.

La señora Sasaki pasaba cada vez más tiempo en el hospital. Todas las tardes, Sadako esperaba con ansiedad el sonido de las sandalias de su madre retumbando por el pasillo. Todos los visitantes tenían que ponerse unas sandalias amarillas al entrar, pero las de su madre hacían un ruido especial. A Sadako se le partía el corazón al ver el rostro de su madre contraído por el dolor.

La última vez que su familia vino a visitarla, las hojas del arce se habían vuelto de color rojizo y amarillento. Eiji le entregó a Sadako una caja grande, envuelta en papel dorado y atada con una cinta de color rojo. Sadako la abrió despacio. Dentro había algo que su madre siempre había deseado regalarle: un kimono de seda estampada con cerezos en flor. Sadako sintió sus ojos nublados por la tibieza de las lágrimas.

—¿Por qué lo has hecho? —le preguntó pasando la mano sobre la suave seda—. Nunca lo podré usar, y la seda cuesta mucho dinero.

—Sadako *chan* —le dijo su padre con dulzura—, tu madre se ha pasado toda la noche en vela para terminarlo. Por favor, pruébatelo, aunque solamente sea por ella.

Haciendo un gran esfuerzo, Sadako se levantó de la cama. Su madre la ayudó a ponerse el kimono y a atar las bandas. Sadako se alegraba de que el kimono no dejara ver sus piernas hinchadas. Con paso inseguro, caminó por la habitación hasta llegar a la silla junto a la ventana y se dejó caer. Todos estaban de acuerdo en que parecía una princesa con aquel kimono.

En ese momento entró Chizuko. El doctor Numata le había dado autorización para visitarla durante unos segundos. Miró a Sadako sorprendida:

—Te queda mejor el kimono que el uniforme de la escuela —le dijo.

Todos se rieron. Incluso Sadako.

—Cuando salga de aquí, me lo pondré todos los días para ir a la escuela —bromeó Sadako.

A Mitsue y a Eiji les pareció una idea estupenda.

Por un momento todo parecía volver a ser como en aquellos buenos tiempos que pasaban juntos en casa. Hicieron juegos de palabras y cantaron las canciones preferidas de Sadako. Ella permaneció sentada, tratando de disimular en todo momento el dolor tan grande que sentía. Pero valió la pena. Cuando sus padres se despidieron, en sus rostros se podía apreciar un pequeño destello de alegría.

Antes de acostarse, Sadako logró hacer una grulla más.

Seiscientas cuarenta y cuatro...

Fue la última que pudo hacer.

VELOZ
COMO EL VIENTO

A medida que sus fuerzas se agotaban, Sadako pensaba cada vez más en la muerte. ¿Cómo sería vivir en una montaña celestial? ¿Dolería morirse, o sería simplemente como quedarse dormida?

¡Si al menos pudiera dejar de pensar en ello...! Pero era como tratar de detener la lluvia. Apenas lograba concentrarse en otra cosa. A su mente volvía, de repente, el pensamiento de la muerte.

Hacia mediados de octubre, Sadako perdió la noción del día y de la noche. En una ocasión, al despertar, vio a su madre llorando al pie de la cama.

—No llores   le rogó—. Por favor, no llores.

Hubiera querido decirle más cosas, pero tenía la lengua y la boca inmóviles. Una lágrima rodó por su mejilla. ¡Le estaba causando tanto dolor a su madre! Y ella lo único que podía hacer eran grullas de papel y esperar un milagro...

Le daba vueltas, torpemente, al papel que tenía entre las manos. Sus dedos entumecidos ya no podían doblarlo.

—Ni siquiera puedo hacer una grulla —se dijo a sí misma—. Ciertamente me he convertido en una calamidad...

Lenta, muy lentamente, Sadako intentó, con todas sus fuerzas, doblar el papel antes de sumergirse en una total oscuridad.

Debieron de transcurrir sólo unos minutos, o tal vez horas, antes de que el doctor Numata entrara en la habitación y tocara la frente de Sadako. Retiró con cuidado el papel de las manos de la niña, quien apenas alcanzó a oír sus palabras:

—Sadako, es hora de descansar. Mañana podrás hacer más grullas.

Sadako asintió con la cabeza. ¡Mañana! ¡Mañana parecía tan lejos, tan distante…!

Cuando volvió a despertar, su familia estaba allí, a su lado. Sadako les sonrió. Ella era parte, y siempre lo sería, de aquel círculo amoroso y tierno. Nada ni nadie podría cambiar eso.

Unas luces diminutas comenzaron a bailar en sus ojos. Extendió su delgada y temblorosa mano hasta tocar la grulla dorada. La vida se le iba del cuerpo, pero el contacto con la grulla le infundió valor.

Alzó la vista hacia el techo donde colgaba la bandada de grullas y vio cómo la ligera brisa de otoño las mecía suavemente. Era como si fuesen a levantar el vuelo a través de la ventana abierta. ¡Qué bellas y qué libres eran! Sadako suspiró y sus ojos se cerraron para siempre.

EPÍLOGO

Sadako Sasaki falleció el día 25 de octubre de 1955.

Sus compañeros de clase hicieron otras trescientas cincuenta y seis grullas para poder enterrar mil junto a Sadako. Su deseo, en cierta forma, se cumplió.

Sadako vive y vivirá en el corazón de las personas por mucho tiempo. Poco después de su muerte, sus compañeros de clase reunieron todas sus cartas y las publicaron en un libro. Lo titularon *"Kokeshi"*, como el nombre de la muñeca que ellos le habían regalado durante su estancia en el hospital. El libro circuló por todo Japón y pronto la gente conoció la historia de Sadako y las mil grullas de papel.

Los amigos de Sadako comenzaron a soñar con la idea de dedicar un monumento a Sadako y a todos los niños que habían muerto a consecuencia de la bomba atómica. Niños y niñas, a través de todo el país, ayudaron a recaudar fondos para este proyecto. Finalmente el sueño se hizo realidad, y en 1958 fue inaugurada una estatua en el Parque de la Paz, en Hiroshima. Allí está Sadako, de pie, sobre una montaña de granito que simboliza el paraíso. Con los brazos extendidos al cielo, sostiene en sus manos una grulla dorada.

En su honor se creó un "Club de grullas de papel", y todos los años, el 6 de agosto, Día de la Paz, sus miembros colocan miles de grullas de papel a los pies de la estatua de Sadako, a la vez que repiten el deseo grabado en su base:

"Éste es nuestro grito,
es nuestra plegaria:
que haya paz en el mundo".

ÍNDICE